Estimados padres:
¡El amor de su niño hacia la lectura comienza aquí!

Cada niño aprende a leer de diferente manera y a su propio ritmo. Algunos niños alternan los niveles de lectura y leen sus libros preferidos una y otra vez. Otros leen en orden según el nivel de lectura correspondiente. Usted puede ayudar a que su joven lector tenga mayor confianza en sí mismo incentivando sus intereses y destrezas. Desde los libros que su niño lee con usted, hasta aquellos que lee solito, hay libros **"¡Yo sé leer!®"** *(I Can Read!)* para cada etapa o nivel de lectura.

LECTURA COMPARTIDA
Lenguaje básico, repetición de palabras y maravillosas ilustraciones. Ideal para compartir con su pequeño lector emergente.

LECTURA PARA PRINCIPIANTES
Oraciones cortas, palabras conocidas y conceptos simples para aquellos niños que desean leer por su propia cuenta.

LECTURA CON AYUDA
Historias cautivantes, oraciones más largas y juegos del lenguaje para lectores en desarrollo.

LECTURA INDEPENDIENTE
Complejas tramas, vocabulario más desafiante y temas de interés para el lector independiente.

LECTURA AVANZADA
Párrafos y capítulos cortos y temas interesantes. La transición ideal para pasar a libros más largos divididos en capítulos.

Los libros **"¡Yo sé leer!®"** *(I Can Read!)* han iniciado a los niños al placer de la lectura desde 1957. Con premiados autores e ilustradores y un fabuloso elenco de personajes muy queridos, los libros **"¡Yo sé leer!®"** *(I Can Read!)*, establecen un modelo de lectura para los lectores emergentes.

Toda una vida de descubrimiento comienza con las palabras mágicas **"¡Yo sé leer!®"**

Bizcocho
encuentra un amigo

Escrito por **ALYSSA SATIN CAPUCILLI**
Ilustrado por **PAT SCHORIES**
Traducido por Susana Pasternac

rayo

Una rama de HarperCollins*Publishers*

Bizcocho encuentra un amigo Texto: © 1997 por Alyssa Satin Capucilli Ilustraciones: © 1997 por Pat Schories Traducción © 2008 por HarperCollins Publishers Todos los derechos reservados. Impreso en Estados Unidos de América. Se prohíbe reproducir, almacenar, o transmitir cualquier parte de este libro en manera alguna ni por ningún medio sin previo permiso escrito, excepto en el caso de citas cortas para críticas. Para recibir información, diríjase a: HarperCollins Children's Books, a division of HarperCollins Publishers, 1350 Avenue of the Americas, New York, NY 10019. www.icanread.com

Library of Congress ha catalogado la edición en inglés.
Capucilli, Alyssa.
    Biscuit finds a friend / story by Alyssa Satin Capucilli ; pictures by Pat Schories.
        p.   cm. — (A my first I can read book)
    Summary: A puppy helps a little duck find its way home to the pond.
    ISBN 978-0-06-143526-3 (pbk.)
    [1. Dogs—Fiction. 2. Ducks—Fiction.] I. Schories, Pat, ill. II. Title. III. Series.
PZ7.C179Bis 1997
[E]—dc20   96-18368
                                                                                                        CIP
                                                                                                        AC

1 2 3 4 5 6 7 8 9 10
❖

La edición en inglés de este libro fue publicada por HarperCollins Publishers en 1997.

Para dos amigos muy especiales,
Margaret Jean O'Connor y Willie Hornick.

¡Guau! ¡Guau!

¿Qué ha encontrado Bizcocho?

¿Es una pelota?

¡Guau!

¿Es un hueso?

¡Guau!

¡Cuac!

Es un patito.

El patito está perdido.

¡Guau! ¡Guau!

Llevaremos el patito
de vuelta al estanque.

¡Guau! ¡Guau!

Mira, patito.

Aquí está el estanque.

Aquí están tu mamá y tu papá.
¡Cuac!

Aquí están tus
hermanos y hermanas.
¡Cuac! ¡Cuac!

Los patos dan las gracias.

Gracias por encontrar al patito.

¡Cuac!

El patito quiere jugar.

¡Cuac!
¡Guau!

¡Cuac!
¡Guau!

17

¡Plaf!

¡Bizcocho se cayó en el estanque!

Mírate, Bizcocho.

¡Estás todo mojado!

¡Guau!

¡Ay, no Bizcocho!

¡No te sacudas así!

¡Guau!

Es hora de volver a casa, Bizcocho.

¡Cuac! ¡Cuac!

Di adiós, Bizcocho.

¡Guau! ¡Guau!

Adiós, patito.

Bizcocho ha encontrado
un amigo nuevo.